儒艮《ザン》

玉城洋子 歌集

コールサック社

儒艮（ザン）目次

I

II

Ⅲ

儳艮（ザン）

玉城洋子歌集

I

ザン

人魚の歌聞こえて来たり若者が下ろすザン網のたゆたふ波間

その昔人魚の声の語らひに辺野古の海のジュゴンの祭り

昼餉とるジュゴンの海に真向かへばふるさと恋し乙女子の夢

エメラルド輝く海をジュゴンの遊ぶ詩歌伝へし大浦の波

兵士らの乱射音の響く村見張り櫓のぐらぐらと揺れ

艦砲穴覗く白き幾万のされかうべ夏の疾風《はやち》近づく

戦場に生れし我も産みし母も青春ぐちゃぐちゃ人生ぶよぶよ

あれが亡父《ちち》のっぺらばうの面少し笑みてか深き海底に消ゆ

身の知らぬ異国の基地に誰がした六十余年はあまりに長く

オキナワがそしてヒロシマ・ナガサキが…今フクシマとなすな日本は

この島に砲弾降らせしかの国の新しき戦担ふ軍基地

極貧の米兵若きに銃持たせレンジ訓練の島討つ眼

枯れ葉剤ダイオキシンが運ばれてドク君奪ひし嘉手納米基地

六月の空

耳破り心を破りＦ22アメリカより来て沖縄《シマ》に居座る

Ｆ22戦闘機カデナへ再飛来

六月の空を描く飛行機雲その一線が罅割れてゆく

ひめゆりの乙女ら八十の齢過ぎ若きが胸へ継ぎゆく真相

戦争の地獄絵図を見し人の語る真相風が受けとむ

風少し強くなりゆく夕つ方六月の戦争語らんとして

アンネのバラ

マジルーがナビイがカマドが出でて叫ぶ六月摩文仁の浜寄する潮風

マジルー・ナビイ・カマド…女性名

子は魚となりしか一人遊ぶ老ギーザバンタの夏の潮だまり

ギーザバンタ…沖縄戦悲劇の断崖

米ヘリが落ちたキャンパス八月の青空に祈るアンネの紅バラ

イチカランイチチと詠ひし少年のあの日の飢餓森空風の鳴る

イチカランイチチ…生きて尚生きられぬ暮らし

含ませる乳房で殺せ軍命は下りぬ洞窟《ガマ》に光る銃剣

明けやれば洞窟《ガマ》の向かうに月桃《サンニン》の白きが見えし息絶へし子の

心して聞けよ捨て石の沖縄戦六十四年目も戦闘機は飛ぶ

雨落ちて月桃濡らす六月の沖縄の空を見たしと来し女《ひと》

月桃の実を結びつつ六月の空に向かふは島人の怨

どうしても語り継がねばならぬもの沖縄戦の地獄その果て

足首の傷は赤子の私が三月洞窟《ガマ》に潜みし証

北朝鮮地下核実験

不自然な震度4の核実験沖縄《シマ》には不気味な戦闘機来る

答へはNO返事を核にすり替へて脅かす国のマグニチュード灰

クラスター

選挙戦勝利のあとは軍備とふオバマ氏の言ふ奈落の表明

地を踏みし子らの足がもがれゐるクラスターとふ爆弾のあり

泣かぬ子となりしテレビに映さるる戦場の瞳が我を見つむる

刺すやうに我を見つむるソマリアの海賊男ら極貧の眼

戦場に飢へし家族《うから》救ふため海賊となりぬソマリアの男

マハラジャもタイの踊りもまう見えぬ権力にテロに呑まるる外国《とつくに》

白昼

流弾が突如屋敷に打ち込まれ我が子抱き惑ふ伊芸区の白昼

屋根裏を銃弾飛んで娘《こ》の足を血みどろにしたレンジ米訓練

兵隊は人を殺すが役目にて演習に民をも打ちたしとふ　本音

二十五歳妻あり子あり夢ありて不発弾事故の戦負ふ君

島人の歌へる愛しき「我らが土地」弾は未だ深く刺さりて

戦争は終りしといふ済んで既に六十四年未だ戦死の父と呼ばすか

戦争がなくば父は死なずにをり吾の父あなたの父もまた死して

如月をひまはり一面咲かせゐる暖かき島よ銃弾の降る

「レンジ3演習止めろ」赤き血に染まる文字の村の立て看

ひまはりとコスモス咲かせ空を向く尊き命守らんがため

サクラ咲く日本へヒラリー降り立ちて沖縄《シマ》に過酷な「基地」置く話

ヒラリー国務長官　日本へ来る

基地めぐり三首

少年の日は寡黙と語り部のガイドの強き基地への抗ひ

見えぬもの見よとふガイド大島さんの「米軍基地」に核ある沖縄

「アメリカ」が有刺鉄線張る浜に「平和」の二文字結び帰りぬ

ひまはり

宮森小学校ジェット機事故　回顧

午前十時頭上かすめし戦闘機ふりかへる向かうキノコ雲立つ

叫び声閉ざされしままの少女の恐怖過ぎて行きしジェット機の轟音《おと》

ジェット機が頭脳攪乱炸裂し基地の子らの肌焦《はだへ》がしぬ

戦争が。火を噴く地球が。教師の声、逃げろ早く。炎上…逆巻く

山羊だった真っ黒こげのまう人でない児がリヤカーに乗せられていった

真っ黒に焦げた正広　これ以上焼けぬと父が叫んだ埋葬

正広…宮森ジェット機事故七歳の犠牲者

五十年経ちて死んだトラウマの彼も死にて　ジェット機事故は

火あぶりの校舎を児童《こ》らは飛び出して涼風《シダカジ》受けて息を絶へしな

戦争だ戦争が来たと逃げ惑ふ児童らの体が陽炎に消ゆ

校庭のひまはり摘んで叱られてブランコに残る焦げし子の影

死にゆきし12名の児童たち　歳月重き6・30館

七歳で消えし命のあまりにも悲しジェット機など知らぬ幼ら

校庭の「仲よし地蔵」が残されて児童らの声が空いっぱいに

語らねばジェット機事故はまた起こる声出し歩く老いし先生

血に染まる異国の基地に誰がした　沖縄《シマ》の海よ空よ風よ

長崎原爆資料館にて4首

ガラス中私が焦げていく恐怖原爆投下8月9日

熱線に崩れしままの柱時計久保忠八家の11時2分

黒こげの少女鉄兜弁当箱写真の前の女子学生たち

天主堂の飾石が聖使徒像が木の葉の影が語りかく被爆長崎

バライチゴ

渡嘉敷5首

バライチゴ咲く道ふいと山風は集団自決の血の臭ひ連れ

咲きて待つ琉球千鳥に触れてみむ小旅「紅」渡嘉敷の島

折々は鯨海峡喜べど必死に語るガイドの戦時

アリランをうたへど向かふ碑は遠き韓国見据へ佇みてあり

放たれし子山羊が遊ぶ山道をえごの花の白く散り敷く

アブチラガマ

月桃が静かに雨の中に咲く悲しき学徒の声谺して

身を屈めガマを入り来れば魂《マブイ》らし冷たき雫の伝はる手足

「お母さん」ガイドの声に亡霊の兵士がひとりひとり立ち来る

馬乗りにアメリカ軍は封じたり一千人の壕の命を

泣かぬ子と母の言ひし赤子の我も壕の闇に生き来しひとり

ウチナーグチの住民をスパイと殺したり友軍といふ日本の兵は

ウチナーグチ…沖縄方言

激抗戦肉弾魚雷の少年らさ迷ふ骨の在りかも知れず

人間の醜さばかりが後を追ふ壕に生きし人らの一生

アカバナー

岩壁に黒煙残りし戦世の皇国とふ声この闇に聞く

めらめらに日の丸焼きし島の男《ひと》　父を焼きしは日の丸の国

チビチリガマ

月桃《サンニン》の花簪を濡らす雨寄する哀しき島の若夏《ワカナツィ》

丈低きチビチリガマの自決跡優しき母の手に焼かれ子は

エイプリルフールの日なり　うりずんの島の青さよ艦砲射撃

六月の近づく島の仏桑華《アカバナー》咲き継ぐ日照りの摩文仁への道

戦世《イクサユ》の哀り《アハリ》湛ふる島の空　鳥と雲とクワディーサーの揺れ

クワディーサー…ももたまな

海

近くなり遠くなりして海は今藍をややに濃き色になす

潮風を送りくれしは亡父《ちち》ならむ六十六年海底に呼ぶ

娘《こ》をひとりおきて逝きし二十二の父の面影朝ドラの中

父の日の父の顔など知らなくて戦争《いくさ》に生れき海ただ碧く

アラマンダの黄の色空を染め始むヘリ墜落の八月十三日

焦げ枝の指さす天空キャンパスの赤木の怒り無言の怒り

その昔人魚と漁師の約束小《ヤクスクグワァー》辺野古海原恋風夜風

アメリカハナグルマ

振り返る空に海に復帰っ子に日米国の基地の押し付け

復帰40年

二人の子と繋ぐは柔き手12キロ基地なき島と叫びし袮

小さき沖縄《シマ》武器無き島に日米の「基地」は降り来る昨日も今日も

銃剣とブルドーザーの記憶まだ消えぬに島に押し寄すアセス

アセス…アセスメント・環境影響評価書

三線《サンシン》に乗せる「琉球うるま島」華やぐメロディー　歌へば悲し

沖縄が「オキナワ」となり六十余年基地だらけ小さき南《みんなみ》の島

この夏の「原発」自裁の人らあり「基地」で自裁の中屋幸吉

入雨《ウチアミ》に急ぎ取り込む夏着《ナチギン》を遠くで雷人《カンナイ》らの悲鳴

雫落つ洞穴《ガマ》の闇より聞こえ来る声なき声に死体と腐臭と

何故の戦と問へどその残虐闇に茫々洞穴は寡黙に

枯れ葉剤の名はエージェント・オレンジとふ　ベトナムの被害者４８０万

ダイオキシンで焼き尽くしたベトナム　オアインちゃんの…開かぬ肛門

オアイン…枯れ葉剤被害者の孫の名

「トモダチ」と讃へられし土産もの普天間に隠す放射性物質廃棄

北谷町の弾薬倉庫に隠されし枯れ葉剤ダイオキシン　ベトナム戦争

被爆せしビキニの椰子の実音立てて崩れゆきたり流れゆきたり

知ってるかい夏のビキニのお嬢さん第五福竜丸の水爆被爆

あの時の月のしずくに照らされし「核なき世界」オバマは何処

占領下の基地周辺を早生す浜のモクマワウ、アメリカハナグルマ

耳に目に触れよかし基地「オキナワ」の来日大統領の11月13日

雨降れる13日の金曜日　オキナワ崩れて　行くかも　命

ゴーヤーが裂けてべったり地を染めた気づく八月原爆忌の朝

輝ちゃんが叫んでいたっけ繰り返しワシティワシララン　ワシティワシララン
ワシティワシララン…忘れるに忘れられない

スキャン

島はまう梯梧咲き初む密約スキャン高鳴れ皐月の普天間移設

核なき世を謳ひゐまする大統領オバマスピーチ嘘などなけれ

うりずんのユンタ・ジラバ叙事詩の島の日米同盟ザンザザンザカ

さくら咲く日本の春のその向かう亜熱帯は異国の基地で

戦争の残響止まぬ海山に谺するは命どぅ宝《ヌチドゥタカラ》

故里の山川草木踏み荒らしドクドク土足の日米同盟

埋めたらもう戻らないから君たちが名付けし美しきホワイトビーチ

日本の独立成りしサンフランシスコ講和条約《じょうやく》　我らを捨てて

切り裂かれトカゲのしっぽの沖縄は今も続きて「普天間」がある

突然に国境とはなり家族の元へ行けぬ刳舟　岬に立てば

凪は凪ぎ島の空のかき曇るオスプレイ欠陥機近づくとふニュース

島を襲ふ戦闘機老いも幼きも震ふ日米とふ条理なき国を

何故のオスプレイ配備か武器持たぬ島の空をも戦が襲ふ

未来ある命守らむ銃剣とブルドーザーに立ち向かひし島人《ひと》ら

銃剣とブルドーザー…基地撤去島ぐるみ住民闘争

『オキナワの少年』※ 君が夢に見た異国の海は戦が押し寄せ

※東峰夫の芥川賞小説

海亀もジュゴンも豊かな海に棲む恐ろしき凶器オスプレイ落下

華やげるかのアメリカの傘の下殺し屋オスプレイに魅せられし狂気

バーチャルの世の恐しオスプレイ子らよ触るるなその戦闘機

デモデビュー・シュプレヒコールは恋文の如く読ませる友らの便り

地も空も澄みて星の輝くをオスプレイ軍機島に来るとふ

先祖《おほおや》の武器など持たぬ習はしを金真弓あなたの語る夜語り《ユガタヒ》

金真弓…三日月を讃える「おもろ」の呼称

海原を隔てて咲けるクサトベラ半欠け反骨花は真白に

南《みんなみ》に白露の風の吹き渡り夜の帳の島秘かなり

獅子《シーサー》も降り来よリチャヨウシチリティ欠陥機オスプレイ許さぬ集ひ
リチャヨウシチリティ…さあ連れだって

「オスプレイ配備」国内初飛行と見出しは躍る　9月22日

10万のNOを退け森さんの今朝の会見　民主主義の崩壊ネ

不良品のオスプレイ島に押し付けるまだある対日サンフランシスコ条約

東日本大震災

狂ほしく昼の街並呑み込んだ昨日までの美しき白波

大津波退きては寄せて血は見せぬ奪ひし数千の命はいづこ

叫びみるチョーヂカチョーヂカ※しがりなみ※明和は未だ遠からぬ世で

※くはばらくはばら　※しがりなみ…津波

浮き沈む荒波の中家族《うから》の顔浮かべ生還なりし母親

しはがれし父の叫びは瓦礫の中に沈みゆくまゝ影なく息子《こ》らの

避難所に水も食もなき人ら南の島より今こそ届けむ

命ある事を喜びガンバルと中学生が前向きて立つ

助け合ふ心が灯す灯り有り都会の中の計画停電

今日からは雪も降るから感《かん》染《せん》症も出るから避難所の医師の声聞く

豊かさを造るはずの原子力未来奪ひし放射能の脅威

聞こえ来る瓦礫津波原発の山越え海越え空越える音

この波が私を襲ふ日があるといふのかウオーキングの素足を浸す

ピットとかトレンチとや言ふいや見えぬ原子炉建屋幽霊屋敷

影響ない影響ないと言ふけれど死んだ恋人見えぬ原子に

被災地にレベル7を聞く人の涙も枯れていらだちの面

ガイドライン発表4月9日

復旧なきチェルノブイリ・スリーマイル・福島に脅威の原発災禍

避難所に揺れ続く余震霧の中夜を眠らせぬ原子炉の闇

「死と言へば」「死ねねえよ」と東海の千葉記者の奇跡津波生還

冷静にカメラ離さず（岩手東海新聞　千葉東也記者）

人間にやがて来る春桜咲き必死に耐ふる被災地の隅

震災の地へと走る新幹線人の笑顔のたちてゐるらし

つなぐ手の列島長き震災地へ列車が運ぶ未来ある世界

戦時のたつとふ涙する老と震災の酷き吾ら見てゐたり

こんなにも嬉しき春に苦のみの押し寄する北方被災の地は

原発の安全説きし教科書の嘘を悲しむ卯の月桜

原発の街に人なく動かぬ時の想像我らは限界と知る

ひし枯れの3時46分黙祷の中を顕ち来る地震大津波

大震災から2ヶ月（5月11日）

女の子男の子二人が木の枝に…語りて震へし男性カメラマン

うづたかき瓦礫の側ら未だ会へぬ吾が子へ祈る空なき空を

村々は雪に覆はれフクシマの人ら何処へ追はれ行きしか

亡き子の声未だ離れぬ若き母に寄り添ふ父の声も震へて

子も母も流され自暴の娘へ語る父は生きよと語調強める

「我々に何ができるの？」若者に祈りと言へど言葉にならず

悲しみを背負ひし人ら海に向き亡骸に祈る彼岸の日日

東日本大震災から一年

忘れずと掌合はすこの海の向かうに苦難は尚打ち寄する

濁流に離れし妻の手一瞬を語り始める夫の悲しみ

菜の花が咲きて魂を呼び寄する五月の閖上《ゆりあげ》悲しみの底

詠む心あるのか空港に足下ろす被災地の風に吹かれつゝ立つ

あるはずの家はなくて更地には打ち上げられし船が三艘

菜の花に囲まれてある閑上のみ魂に平ウコー[※]捧げ祈らむ

※沖縄で祭祀に使う線香

更地となる家屋癒さむと咲かせてありしチューリップの彩

若葉萌ゆ仙台街道訪ねゆくルートビルは崩れて…。 ああ

チサングリーンホテル名などを語りつつ明日は訪ねむ被災の土地を

背中押す被災地の人らの動き見る悲しみのガレキ吹きさらしの廃墟

来て良かった訪ぬる人らにシャッターを押してもらふも絆となりて

「竜巻が心配だから」とらつさんが一報くれる明日の東北

子どもらはいづこ校舎の焼け跡の「石巻市立門脇小学校」

公園の桜の下を建つ小学校子らの逃れしはこの石段の上

南より来て食べる飲むことがボランティアと被災地の言ふ

亀裂あり放射能あり汚染の土に建つ仮設なし被災の村は

南国の水芭蕉のやうなスパッティ被災地へ向け祈りをり今朝も

亡き子らと撮りしあの日の写真《うつしゑ》がすべてと父なれ母なれ胸は

震災に配られし石巻壁新聞ペンと紙を命とともに

「あの戦争《アヌイクサ》」引かぬ潮のただ中を六十六年老は生き来し

震災の悲しみ流るる路地の音マンゴーの実りふたつみつよつ

やさしかるこの島の季苦《とき》しみの押し寄する北方被災なる地は

哀しみが切り取られぬやうキッチンに小さな募金箱私も置かう

縁側に座して見上ぐる秋の空放射能黒き雨の降るやも

II

母の太鼓

サヤサヤと台湾ふじの咲く昼間腕の痺れなどなきか母の

古稀の年太鼓打ちの賞決めてあれからたちまち母の十年

留袖も御召もやるといふ母の紫一つ残しおけとふ

青春を切り取られしを生き抜ける母を思へば夜寒の嵐

生あるを喜べとばかり母の声電話の中を淀みなく伝ふ

何処より吹き来し風か老い母の身体を薙ぎて音さへもなし

この母の気骨衰ふる事なしと思ひしは娘吾のみと知りぬ

母の怒る声にも似たるを安堵せり痺れゆく手足揉みほぐしつつ

強かりしこの母乗せる車椅子運べば重きは吾の足と知る

掌を合はせをれば幸ひ呼び寄する母の一日の日差しはありて

降る雨に交じりて雷の鳴る夜半を思ひのすべて母に繋がる

米を研ぐ指にからまる母だけの記憶の世紀薄れゆく夏

千羽鶴夜々に折りしは十の指動かずなりて寝ぬる母の夜

夏用の下着所望する母の声の小さき六月の夕べ

蟬時雨ほろほろ泣けるサルスベリ六月の島の悲母像の歌

買ひ来たる小さきが宵の名残乗せひたすら香るニホヒバンマツリ

救急車呼ばねばならぬ路地裏を母よ許せよサイレンが鳴る

ケータイが上手になった母の顔想像してゐる明るき朝

二才子のやうに箸を取るとふ母の電話の声の聞こゆる昼餉

このあたり畑だった母運ぶ車椅子の穏やかなる里

花咲いたあの花咲いたたわいなき介護とふ会話　つれづれの夕

過ぎりゆく終といふもの面差しの柔き手術《オペ》後の母との会話

洗ひ終ふ下着一枚嬉々として母の電話《テレ》くる術後三月目

焦るなよ転ぶなよなどと諫めてはならぬが母への励ましだとか

母さんよ見に来ないかね元気になって椿は早やも蕾をつけし

きりきりと折りし夜毎の千羽鶴この日々母の命の祈り

ほんたうに聞こえないのか娘の声も母は電話をガチャリと置きぬ

誕生の16日目の10・10空襲母が語りし戦争体験

母の声ひとつ聞きたし朝風呂に心を引きて来しを静かに

戦場を生き伸びし母の八十五年世の荒風を如何に聞くらむ

トタン屋の四坪半に身を寄せて暮らせし母との幸せの日々

父の亡き辛きを母の明るき声ひとつに育ちし我と思ひき

比するものなきと思ふ今母の齢八十五言葉艶めく

冬の来て母よ一日は長からむ不自由なる手の悔しからむよ

温めてやらねばならぬ母がゐる　寒さの正月震へてあらむ

仕切りカーテン

たゞたゞに黙しをりしかあの春は妻だけ知らず救急オペへ

二時間は待てぬと夫とオペ室へ下着も靴も一抱へゆく

塊の身体となりて妻と書くオペ受く君の真近なる我は

オペ受けし二時間余の心臓が夜更けてふるふる音立て帰る

悔しさを押しつぶしたる病室の仕切りカーテン朝もやの中

一夜明けじわり痛みの来はせぬかＩＣＵを子らと出で来し

降る雨とひとり語るは切なきに君よ二人の嵐止まずも

「くれない」を喜ぶ便り届けられ翌日倒れし君の無様よ

夫急病などと言へずお受けして御礼などして夏のお仕事

言葉さへ交はすも惜しき夫がと急ぐ病室へ上るその友もまた

病来る六十坂の真実を鳥瞰の如き夏の大空

髯を剃りシャワーは頭《ず》より流すべし術後の夫の無邪気なる笑顔

快調と家路辿りしその直後　頭真っ白と叫びし夫は

一〇〇メートル歩くリハビリ人生の六七歳転び大きく

何時に無く低き雲の覆ふ空を手つかずの仕事縁にて眺む

命一つ拾はれ来しはあの夜の風にか問はむ不思議なる日を

散乱の印刷物を片づけて片付けしままになりはせぬかと

介護にと通ふ我を頭痛が襲ふ　冗談じゃないよ私は女房

階下るエレベーターの君の病衣似合ひてゐるを諾ひをりぬ

病名を肯定せねばならぬ齢知らざりし我ら一週間前

青春の祭典総体の生徒等の恋しきか日射し病室の君

笑顔一つ精一杯の出会ひして歌も仕事も出来ぬと友過ぐ

熱意などあってもなくても病来る偉業などはやらぬが健やか

救急の宵のベンチをIさんの語るいつもの美しき声

病院の一棟下町出会ひ町不思議なる町黄昏れの町

モンパの花の咲く頃に

モンパの花咲く頃糸満美童《ミヤラビ》の浜下り《ハマウイ》清明祭《シーミー》をみならの声

クワディサーの緑葉広げ亀甲墓を亡き舅姑《ちちはは》との静かなる時

クワディサー…ももたまな

畑道に戦の音の突如来て佇む老いの苦渋を聞けり

百合の香も月桃《サンニン》の香もふるさとへ心をつなぐ聖なる時間

野の草の熟れてかげろふ立ちてゐぬ戦争未亡人小さき母の背

戦後とふ貧しき少女の側らを咲きしカンナの赤き一本

潮崎の海に沿ひ咲く野鶏頭きりりと立てり秋暮るるまで

芯立ちて見ゆるは落暉の中に咲く野鶏頭の花の気高さ

耐へて来し故の白さを思ひをり一羽の鳥の磯を飛び立つ

風強き日々は来たらむ島に咲く仏桑華赤く赤く燃え出づ

巡る日を待ちて百合も月桃も白さを誇れ花簪に

踊りなど縁もなかりし舅姑《ちちはは》の仏間に命日卯月の宴

二人来て水道橋で立ち止まる立ち食ひうどんと宝くじバラ

君と来る水道橋は十二度目銀杏の落ち葉が今年は早い

街角の肉屋の嫁のいい話焼き肉厚き大晦日の夜

すでに集ふ人らに混じり新たなる太陽《ティダ》拝む間の太鼓の音の良し

習はしは旧正なれど摩文仁丘に平和祈らん新正の風

雲間よりすで来る太陽手を打ちて讃ふる笑顔の通ふ元日

瞬間をシャッター合はす夫と太陽《ひ》の喜び合ひの元日の光

黄の色に石蕗の花の咲く丘の新風《ミーカジ》そよぐ平和公園

悲しみを鎮めて昇る太陽を信じてをりぬ年始めの歩き

激戦の摩文仁路をゆく正月の海に時折死の影の立つ

拝む掌の景気祈りの形して初日を待てる善男善女

四十年憧れ待ちし泰子の文エッフェル塔の写真《うつしゑ》の中

念ずれば叶ふと六十の坂越えて憧れの妹待ちしこの文

文読めば逢ひたき心の立ちてゆく夢はいつかを叶はんが為

人の世の哀しみ思ふ昼下がりよしきりか水辺を飛び立ちゆけり

春日差し縁にて居れば配達の声は路地より吾を呼び来る

頬紅の刷毛の形に三つ四つ空に向き咲く合歓の赤きが

石敢當は中国無双の力士とふ「せきかんたう」と読みて嬉しむ

範宴《はんねん》は何処まで行ってしまったらう多忙繁忙『親鸞』読めず

金武町並里　大川にて5首　2月6日

村落のアジマーに湧く清《チュ》ら清水大川の流れに人ら息づく

アジマー……中央

大川の流れを継いで田芋の里広がりをりぬ人ら長閑に

大柄の案山子は多少疲れぎみ芋の葉風と昼を遊べる

若き日を夫が過ごせしとふ金武《きむ》の大川の水を手窪に掬ふ

田芋の里に幸ひいただきぬタームジドルワカシーとドゥルテン※の美味

※田芋の茎で作る正月料理

池原さん受賞祝賀会

まづ一筆書きて喜び伝へ入る八汐荘の知的なる場所

島言葉も大和言葉も美しく生徒らに伝へし「放送」の受賞

「輝子来る」三月九日辺野古へ集へ君へも一枚葉書送らう

隣屋の目覚まし時計が鳴りてゐぬ

『悼む人』※ひとまづ置きて眠らう

※天童荒太の直木賞小説

伊那に住む友の便り小雨に濡れて届きし朝をインクの香る

友の友『向山文昭』歌集の届くまだ見ぬ歌友《とも》の里の夢歌

ゆしどうふ

ゆしどうふ恋しくなりて行く店の窓に咲き初むポインセチアの

冬に入る庭の太陽《ティーダ》やや薄れ赤き花々咲き初めたり

真如堂の紅葉映され「あらー真っ赤」テレビの前を立ち尽くす夫と

加齢臭臭ふ夫婦になったかと笑ふ縁側を小春日注ぐ

病む人の苦しみ痛み聞こえたか静寂を抜ける山鳩の声

知らずして知りて嬉しきものなれり地球儀八つ切り平面図の歌

日食

日食を知らぬ鳥たち庭先を帰りゆきしか猫もいまさぬ

太陽の隠れ恐れし千年の昔は知らぬ　現代ロマン

ダンボールの小さき穴をどっと湧く月に変はりし無数の太陽

太陽の恵みを庭の草木とあり天体ショーは夢の華やぎ

子らと見し日もありしかな日食を小さき庭の天体ショーを

天然の指輪が空に輝きて神との婚を約されし地球《テラ》

悲しみが消していった金管指輪いらぬが恋しき日々のまたあり

輝きが増すたび心ふくれゆく太陽は天にて輝けるもの

世紀ショー26年後にありといふ空と私の元気比べに

続きゆけアンド・アンド永遠にBOOKENDのプレゼント給ふ

降る晴れる天に任せて海ヤカラ糸満ヤカラの船子が走る

ヤカラ…「仲間」あるいは「育ち」

青青青の海にサバニが競ふ上がる瞬時の赤き竿旗

サーサーサー掛け声かくればサーサーサー船子がエークを大空に挙ぐ

エーク…櫂

サンダンカ咲きて思ひ出巡る日の七月一日妹の命日

一九四四年隠れ家のアンネが綴りし人間の気高さ

月桃に水やるま昼庭先の虹がでたでたオシャマらの声

眠たげな蝶々がすたこら逃げてゆく子らの水まき天《そら》に向かへり

さよならはチャリンコに乗りひとっ飛び「また明日ね」だなんて夕影

三十代の男が笑みを湛えてめくる曇りなどはない『はれときどきぶた』※

※矢玉四郎の児童文学作品

道ジュネー

仏前のマスクメロンは堂々と客を迎ふる七月御迎《シチグヮチウンケー》

シチグヮチ…旧盆　御迎…亡き先祖お迎えの日

何処やらに太鼓の響く選挙後のシチグヮチエイサーもう祭りだね

大太鼓叩く萌華のミルクムナリ八月十五夜祭り《ハチグヮチジュウグヤー》道ジュネー

ミルクムナリ…祭り音曲　八月十五夜祭り…旧八月十五日の祭り・大綱引き

カヌチ棒の貫《ぬ》かれたるか雄綱雌綱　やがて月も上り来るとふ

カヌチ棒…合戦の前、雄綱雌綱を結び貫く為の三メートルほどの太い棒

大綱の祭りの後の寂しさは月天心に孤独の灯り

健やかを祈る子綱の一端をちぎれば幼なの笑顔顕ちくる

勢理客をジッチャクと読みビンと読む保栄茂は何処より来たりし地名か

このあたり死体横たはる場所ならむ『帰郷』読後の早朝ウオーキング

『帰郷』…目取真俊著

三日月が出でて歌友よ夫の介護の日々を如何に泣きてはをらむか

菜園のバナナが話題に一周忌亡弟が植えしを一房盛れば

一周忌の弟へ

奥津城は小高き丘に弟の若き亡骸空青みたり

菩提樹

菩提樹は静かに揺れてダライラマ法王待てる「魂魄の塔」

ダライラマ法王14世　糸満市を訪問2首

合掌のままに下車され近づけるダライラマ法王法衣の長き

歌会の階の机をはひて来し2ミリの蟻が我を突っつく

もう人はひたくれなゐとふ斎藤史の深き言の葉尊き朝かな

オリオン座流星群を見むか子ら呼びたき時の母なる我は

ゑのころぐさ一つかみ帰るウオーキングの朝を友の来るとふ日なれ

サンダンカ

ランタナの実を取り二人語る時少女あの日のごときよ我ら

アジアンタムそよぐ路地裏あの子らの黄の声響く夕茜空

悲しみの晩秋シラサギただ一羽静かに磯を飛び立ちゆきぬ

歩み来し道の長きを家族とふ尊き絆の歓びに会ふ

小春日をサンダンカ赤く燃え出でて出版小宴待つ寛子の家

『この子と生きて』出版小宴会十一月二十八日

顔顔の出揃ひ不思議なる力得たりよ寛子の晴れなる今朝を

歓びを分かち語れば朝の陽の窓よりこぼれ空高くあり

志高き人なれ病をも引きてゆきなむ寛子さん　ハレ

マドンナ涼女

借景の瓦屋空のうろこ雲路地曲がり来るオートバイ郵便

「紅」のマドンナ涼女※の一周忌石蕗を濡らす春雨止まず

涼女…又吉涼女　元日を

豪邸の標札降ろす汝の夫の言葉に見えし意志持つ男の

六人の息子《こ》らの自立を語る夫に涼女は良妻確かなる誇り

末の息子はコックに決めしとふ将来を「キッチン」涼女の歌語りやる

遺歌集を作りやりたしとふ夫を涼女の遺影微笑み近づく

太陽が穴

まづは身を清め初日を拝まむとかける摩文仁路穏やかなる海

手を合はせ人ら並みゐるを美しければ上る初日の尚も輝く

古き世は太陽《ティダ》が穴とふ呼びし人ら照らす平和のニライはあらむ

寅年も平和の花は似合ふもの年賀やさしき人ら遙かに

「辺野古」にはさせぬと若きジャーナリスト爺ヶ岳より夫妻の年賀

ツイッター等で遊んで「普天間」はどうする鳩山の民主党トロイカ

ニンジンをぶら下げられて菅さんの「ルビコン川」は渡れずじまひ

イッペーの朝の落ち花拾ひ来し白き器に鮮けらく咲く

腰屈めイッペーの花拾ひをればオーと声の頭上ゆきたり

のびる

戻り寒さ《ムドィビーサ》たゆたふ魂の戻り来る悲しみばかりの人に生まれて

のびる摘む春の日訝する故郷この道この畑亡き弟の声

思ひ出の明るき故郷亡き人の増えゆくこの春雨降り止まぬ

戦争《いくさ》後がくれた妹戦より苦しみ多かり　夭折の空

母だけは老いぬと思ひし愚かなる日々もありしな吾も六十余

野草摘む春陽の愛し偲ぶかの人に出会ひの日の如く降る

カサブランカ

カサブランカ白きはいかが町小《マチグァー》の糸満娘《アングヮー》 朝霧の中

花ならばカサブランカと言ひし傍らへ一鉢持ちて行きたき春陽

どこまでを埋め立てられていく海かカサブランカ一輪浮かべる絵画

映画「カサブランカ」主演　イングリッド・バーグマン

「曙光」とはふるさとの母校文芸誌・Y子とふ後輩が好きなニーチェ

Ⅲ

アタイ

夫はペークー吾はアタイ門中《ムンチュウ》霊祭華々しきデビュー

ペークー…門中頭　アタイ…仕事頭　門中…親族

お香炉《ウコール》がズラズラ並ぶ元家《ムートゥヤー》光あまねく神人《カミンチュ》招き

節句の数教はる馳走五品皿まづは揃へて春のお彼岸

霊前に十四皿の馳走添へ平御香《ヒラウコー》手渡す先輩らの間を

唱へ始む神人カミちゃんいよいよに高鳴る声の庭の明るみ

幼日のサーダカ生まれ《ンマリ》と呼ばれしはこの一瞬の喜びの為

サーダカンマリ…せじ（霊力）高き生まれ

はなうる

ヤマネコの眠るか深きま昼野を樹音高き鸝《とどろき》の群れ

星砂を拾ふと浜を立ちをれば骸は白きエンジェルの羽

宮良殿内のガイドは酷評好々爺小池に泳ぐ鯉の色よー

新絹《あらきぬ》枝名《え》工の気高さ不思議さに寄りてミンサーの青なす世界

ハテの浜オーハ島のその南サンゴ生れたるはなうるの海

はなうる…サンゴの別称

ハマサンゴ・ミドリイシ属などと言ふ久米島沖のサンゴ大群

海が呼ぶはなうる珊瑚の新世界人も魚も清きが集へ

カババイ

嬉々として小鳥は赤き合歓の咲く新正月の庭を集ひぬ

仏前の舅姑《ちちはは》に見せむ正月の温きもの一つかぎやで風《カジャディフー》舞ふ

カババイとふ旧正月《しょうがつ》凧上げて遊ぶ漁師の子らの海原新北風《ミーニシ》

カババイ…伝統凧

瓦屋のめをと洗濯屋サシミ屋が閉じるとふ話新北風強し

晦日前トタン屋二軒崩されて美順《みより》ちゃん何処へいったやら

点滅の滅の部分が長くなる南区路地の師走の外灯

赤き椿

雨だれの濡らす軒端を突然に悲しみの報鳴る夜半叔母逝きし

エイサーの遠きふるさと寄せ来るを叔母の声の近くやさしく

寒の日々多くあれど叔母のゆく睦月身罷りの空温かき

ほつほつとさくらは咲けり香焚けばあの日の叔母の笑みて返せり

ミシン踏む女《ひと》ら戦後の街を生く石川岳の麓に叔母も

居候の吾に着せては喜びし洋裁上手な叔母の手作り

開南の坂を下れば松尾坂上れば叔母の瓦二階建

妻といふ母といふ星ありなむと家族《うから》見つむる遺影の叔母が

花ならば赤き椿の一輪に箸渡す強き叔母の白骨《しらほね》

湯の中で叔母と唄ったひばりちゃん「私は町の子巷の子」

キッチン

パソコンを階より降ろし居間よりまたキッチンへ移す移り気の秋

下へ下へ降ろせば見ゆる上の界　今キッチンの鍋底洗ふ

外《と》に出でて見上ぐる哀しみルイラソウ柔くやはく微笑みたりき

もう誰も死ぬなの声に死ぬ覚悟出来てるやうな19年の会

伊藤悦子さんを偲ぶ

短歌《うた》の事未来に向けて論議あり　寄るな嘆くな若者などに

あとがきは誰れもかれもが親の死と病の事に類似の行間

解説

沖縄の戦中・戦後を凝視しその真相を語り継ぐ人

玉城洋子歌集『儒艮〈ザン〉』に寄せて

鈴木比佐雄

1

糸満市に暮らし紅短歌会を主宰する玉城洋子氏が第六歌集『儒艮〈ザン〉』を刊行した。玉城氏との初めの出会いは合同歌集の短歌を通してだった。二〇一六年二月下旬に那覇市で開催された日本現代詩人会沖縄ゼミナールで出会った歌人から、二〇一二年に刊行された紅短歌会合同歌集『くれない 19』を戴いたことは幸運だった。その合同歌集には二十九名の歌人が参加されていて最後に玉城洋子氏の「ジュゴンの祭り」五十首を読むことができた。それらの短歌には玉城氏の今回の歌集のI「ザン」の二番目の歌〈その昔人魚の声の語らひに辺野古の海のジュゴンの祭り〉が収録されている。玉城氏の短歌は「儒艮《ザン》」の神話を詠み込み、さらに沖縄戦で亡くなった父の面影や壕で玉城氏を守り戦後も逞しく生きた母との家族詠であり、同時に戦争詠でもあり、米軍統治下で数多く起こった軍用機落下事故や暴行事件などの社会詠などが詠み込まれている。その他にも沖縄の花々と樹木や暮らしを通した自然詠や他国の他者を思いやる短歌も収録されている。

玉城氏は、略歴では一九四四年に中部のうるま市（旧石川市）に生まれ、沖縄戦では母と壕の中で命をつないだことを作品にも垣間見る。一九六七年には琉球大学を卒業し沖縄の各地の高校で国語教師を務めて二〇〇五年に定年退職をされた。南部の糸満高校に赴任したことがありその縁で結婚をされ糸満市に現在も住み着いているのだろう。糸満市は「ひめゆりの塔」や「平和の礎」があり沖縄戦の悲劇の場所であり、沖縄戦の痛切な鎮魂の場所であり聖地でもあるだろう。玉城氏は当時は赤子であったが、自らが沖縄戦の当事者であるという意識を父や母から引き継いでいるように強く感じられる。

2

今回の歌集『儒艮（ザン）』は三章に分かれていて、四一三首が収められている。玉城氏の短歌の特徴は、ジュゴンがかつて「儒艮《ザン》」と言われていた島言葉《しまくとぅば》と共通語の二つの言葉を重ね合わせて、沖縄の土俗詠から神話的な世界を豊かに甦らせようとしていることだ。

I章冒頭の「ザン」は次の短歌から始まる。

人魚の歌聞こえて来たり若者が下ろすザン網のたゆたふ波間

かつて「儒艮」は沖縄から九州南部の海に数多く生息していたが、人間の欲望のために絶滅危惧種になってしまった。「辺野古」のサンゴの餌場に生息していた三頭の「儒艮」のうちの一頭は亡くなり、後の二頭も近頃ではその生存は確認されていないと言われている。かつての漁師の若者が「儒艮」漁をしながらその鳴き声を「人魚の歌」だと聴き取ってしまい、その「儒艮」に恋心を抱いてしまったことを「たゆたふ波間」と表現したのだろう。

昼餉とるジュゴンの海に真向かへばふるさと恋し乙女子の夢

エメラルド輝く海をジュゴンの遊ぶ詩歌伝へし大浦の波

I「ザン」十三首の中のこの二首の「昼餉とるジュゴンの海」や「エメラルド輝く海」では、「ジュゴン」のサンゴ礁の餌場を移転させる無謀なことを行ったり、マヨネーズ状の辺野古断層のある不適格な場所に、辺野古海上基地建設を強行し、サンゴなど多様な海洋生物の宝庫である辺野古岬や大浦湾の生態系を破壊し、沖縄人の神話にもなっている聖地を汚されることへの怒りが背後に秘められている。

I「ザン」の次の二首は戦後の母子の苦難と想起させられる亡父への想いに満ち溢れてくる。

戦場に生れし我も産みし母も青春ぐちゃぐちゃ人生ぶよぶよ

あれが亡父《ちち》のっぺらぼうの面少し笑みてか深き海底に消ゆ

この「青春ぐちゃぐちゃ人生ぶよぶよ」は擬態語でしか表現できない理不尽な米軍占領下の中で生きざるを得なかった半生を記したのだろう。「亡父《ちち》のっぺらぼうの面」という表現も、父の顔を知らない子がきっと夢の中で再会し、自分に「少し笑みて」くれたがまた海底に沈んでいったと言い、父の不在の子の深い悲しみが記されている。

I「ザン」の最後の四首で玉城氏は沖縄の悲劇を突き詰めながら、沖縄と同じような悲劇に向かっている他者の存在を掬いあげている。

オキナワがそしてヒロシマ・ナガサキが…今フクシマとなすな日本は
この島に砲弾降らせしかの国の新しき戦担ふ軍基地
極貧の米兵若きに銃持たせレンジ訓練の島討つ眼
枯れ葉剤ダイオキシンが運ばれてドク君奪ひし嘉手納米基地

核兵器の濃縮ウラン技術ともつながる東電福島第一原発事故、米国の戦争に加担させられる危険性、市街戦の「レンジ訓練」を沖縄で行う極貧の米兵、ベトナムに枯れ葉剤を投下したことに嘉手納米基地が使用されたことなど、科学技術や大量破壊兵器の問題に向き合い考え続けることを玉城氏は自らに課している。

3

I「六月の空」・「アンネのバラ」は、沖縄戦をいかに語り継いでいくかが大きなテーマになっているように思われる。

ひめゆりの乙女ら八十の齢過ぎ若きが胸へ継ぎゆく真相
月桃の実を結びつつ六月の空に向かふは島人の怨
どうしても語り継がねばならぬもの沖縄戦の地獄その果て
足首の傷は赤子の私が三月《サンニン》洞窟《ガマ》に潜みし証

沖縄の野や庭にもあふれる月桃の白い花ばなは美しく、その大きな葉は暮らしにも役立つ。

しかしそのような美しい自然に取り巻かれた地で、「ひめゆり学徒隊の真相」、「島人の怨」、「沖縄戦の地獄」などの歴史が重たく残っている。玉城氏は自らの「足首の傷」を外から眺めるだけでなく、この傷を負わせた戦争の悲劇を内観するように、それらを淡々と語り継いで行こうと願っているのだろう。

次には心に残る短歌を挙げておきたい。

I「クラスター」より

地を踏みし子らの足がもがれゐるクラスターとふ爆弾のあり

I「白昼」より

流弾が突如屋敷に打ち込まれ我が子抱き惑ふ伊芸区の白昼

I「ひまはり」より

校庭のひまはり摘んで叱られてブランコに残る焦げし子の影

死にゆきし12名の児童たち　歳月重き6・30館

七歳で消えし命のあまりにも悲しジェット機など知らぬ幼ら

校庭の「仲よし地蔵」が残されて児童らの声が空いっぱいに

語らねばジェット機事故はまた起こる声出し歩く老いし先生

玉城氏は宮森ジェット機墜落事故で亡くなった十二名の七歳の児童の悲劇を語り継いでいくためにこれらの連作を書いている。一九五九年六月三十日に嘉手納基地を飛び立った米軍ジェット機が操縦不能となり、パイロットが脱出した後に、玉城氏の暮らした石川市の民家三十五棟をなぎ倒し、宮森小学校の校舎を直撃し、児童十二名、民間人六名が亡くなり、今も慰霊祭は続いている。その意味で、米軍のオスプレイもいつ何時このようなことを繰り返すかもしれないという危機意識を抱いているに違いない。

Ⅰ「アカバナー」より

月桃《サンニン》の花簪を濡らす雨寄する哀しき島の若夏《ワカナツィ》

丈低きチビチリガマの自決跡優しき母の手に焼かれ子は

エイプリルフールの日なり　うりずんの島の青さよ艦砲射撃

六月の近づく島の仏桑華《アカバナー》咲き継ぐ日照りの摩文仁への道

戦世《イクサユ》の哀《アハ》り湛ふる島の空　鳥と雲とクワディーサーの揺れ

玉城氏の歌誌「くれない」とは「仏桑華《アカバナー》」なのかも知れない。月桃とアカバナーとクワディーサー（ももたまな）などの花ばなや樹木を語り、それらで死者を鎮魂しなければ玉城氏の短歌は成立しないのだろう。しかしこれらの花ばなや樹木を入れた短歌は島言葉を孕みながら沖縄の風土に根付いた壮絶な美意識を抱え込んでいる。

Ⅱ、Ⅲにも沖縄の戦中・戦後を凝視しその真相を語り継ぐ優れた短歌が詠まれている。沖縄の風土、文化、歴史を愛し沖縄に関わる人びとに玉城洋子歌集『儒艮（ザン）』が読み継がれていくことを願っている。

あとがき

歌集名「儒艮（ザン）」は沖縄の海を北限として棲息するジュゴンである。昔、海人《ウミンチュ》の男達はザンと呼び人魚の異名さえあって、海の男たちとのロマンスの御伽草子も伝わる。

地球環境問題で、ザン即ちジュゴンは絶滅危惧種と指定されて、県民は懸命に保護して来た。しかし、25年前から棲息海の「辺野古」に米軍基地を建設する話が浮上して、たちまち人々の怒りは渦巻いて、反対の意志表示をして訴えてきたのだが、日米は世界一危険な「普天間基地」を移設するには「辺野古」が唯一とばかり、反対する住民の声を無視したまま、建設を進める方針でいるが、阻む住民との間で、建設は進む筈もなく、建設は頓挫のまゝ25年は過ぎた。

沖縄地上戦で肉親を失い、戦後も米軍占領下で苦悩して来た県民の中には、やがて文学でもって、自らの思いを、それぞれのジャンルで綴るようになった。短歌創作もその一つで、戦後沖縄文学は抵抗の文学としてはじまったと云って過言ではない。

誰云うともなく辺野古吟行として詠まれて来た作品は数知れない。私たち仲間の発行する歌誌「くれない」では、17年間で１４００首以上を数える。

ジュゴンは今、沖縄に生まれ沖縄に生きる私にとって沖縄人のアイデンティティであると思っている。命の限り《ヌチカジリ》詠んで、「辺野古」をジュゴンに代わり、よからぬものへの断裁・剔りのうたの根源にしていくつもりである。

本集は二〇一六年~二〇一七年の二年間の歌誌「くれない」に発表したものであるが、一部の短歌は以前の歌集より再録したものもある。儒艮の他、日常詠も含め４１３首の第6歌集とした。

２０２１年9月吉日　自宅にて。

玉城洋子

著者略歴

玉城洋子（たまき　ようこ）

1944年　沖縄県うるま市（旧石川市）字伊波に生まれる。
1967年　琉球大学文理学部国語国文学科卒業、同年4月国語教師として県立浦添高等学校に赴任。那覇商業高等学校、小禄高等学校、糸満高等学校、南風原高等学校を経て、2005年、那覇商業高等学校にて退職
1982年　第一歌集『紅い潮』（オリジナル企画）
紅短歌会結成
合同歌集「くれない」発行（1～23集）
1989年　第二歌集『浜昼顔』（芸風書院）
1990年　第24回沖縄タイムス芸術選賞・文学・短歌奨励賞
1994年　県教育委員会編『郷土の文学』編集委員
1999年　県文化課『組踊学習』編集委員

2000年　日本歌人クラブ九州ブロック幹事（選者）
2001年　現代歌人協会会員
2002年　高教組『郷土の文学』編集委員
第三歌集『花染手巾《ハナズミティィサジ》』（ながらみ書房）
歌誌「くれない」創刊（現在通巻230号）
2004年　県教育賞（沖縄県教育委員会）
2005年　第42回沖縄タイムス教育賞（学校教育教科部門）
「おきなわ文学賞」選考委員（短歌部門）
2005年　「短歌で訴える平和朗読」を実施（第1回〜第15回）
2011年　第四歌集『亜熱帯の風』（紅叢書第23篇）
2012年　第五歌集『月桃《サンニン》』（紅叢書第25篇）
2019年　石川・宮森ジェット機事故「平和メッセージ」短歌部門選者
『辺野古を詠う』第6集
2021年　第六歌集『儒艮』（紅叢書第35篇）

石炭袋

儒艮（ザン）　玉城洋子歌集

紅叢書第35篇

2021年9月26日初版発行

著者　　　　玉城洋子
〒901-0361　沖縄県糸満市字糸満1200
編集・発行者　鈴木比佐雄
発行所　　　株式会社 コールサック社
〒173-0004　東京都板橋区板橋2-63-4-209
電話 03-5944-3258　FAX 03-5944-3238
suzuki@coal-sack.com　http://www.coal-sack.com
郵便振替　00180-4-741802
印刷管理　（株）コールサック社　製作部

＊装丁　松本菜央

落丁本・乱丁本はお取り替えいたします。
ISBN978-4-86435-498-1　C0092　¥2000E